살아온 모든 시간이
이야기가 됩니다

살아온 모든 시간이 이야기가 됩니다

발 행 | 2022년 7월 1일
저 자 | 강정화

감수 | 이천시립도서관
책임편집 | 임정은 (전자책제작소)
표지 디자인 | 유나 (전자책제작소)

펴낸이 | 한건희
펴낸 곳 | 주식회사 부크크
출판사등록 | 2014.07.15.(제2014-16호)
주 소 | 서울특별시 금천구 가산디지털1로 119 SK트윈타워 A동 305호
전 화 | 1670-8316
이메일 | info@bookk.co.kr

ISBN | 979-11-372-8739-6

www.bookk.co.kr
ⓒ 살아온 모든 시간이 이야기가 됩니다. 2022

살아온 모든 시간이 이야기가 됩니다

평범한 아줌마의 자서전 ——————— 강정화 지음

목   차

지은이_ 강정화

전라북도 고창에서 농업이 천직인 부모님을 도우며 학창 시절을 보냈다. 경기도 이천에 있는 현대전자로 입사해 18년 직장을 다녔다.

퇴사 후 새로운 도전을 해봤다. 심폐소생술 강사, 생활안전 강사, 그림책 하브루타 등 자격증 취득하여 초·중·고 학교와 도서관에서 강의 및 실습 강사로 활동하며 보람된 삶을 살고 있다. 배움의 길은 끝이 없다. 중년에 이르러 글쓰기 매력에 빠져들었다.

한 번쯤 나의 이야기를 하고 싶었다. 평범하다고 생각했던 유년기부터 10대, 20대, 30대 그리고 지금의 내 삶을 글로 남기면 어떻게 쓰여질까 궁금하기도 했다. 얼마 전까지만 해도 하고 싶은 것들에 대해 거리낌 없이 도전했었다. 그리고 아니다 싶으면 아쉬움 없이 그만할 수 있었다.

40대 중반이 되어 지금의 나는 뭔가를 시작하기도 전에 고민이 많아진다. 점점 익숙하지 않은 것에 대한 걱정이 앞서 도전과 용기가 필요해진다. 뭘 할 수 있을까? 뭘 해야 할까? 질문을 던져도 정답은 알 수 없다. 급하게 생각하지 않으려 한다. 일단 할 수 있는 것부터 차근차근 해보려고 한다.

주부로서 남편과 자식을 위해 보내는 시간이 많다. 처음 써보는 자서전 수업은 나의 이야기를 쓰는 시간만큼 오롯이 나에게 집중하게 된다. 솔직하게 내 삶의 기억을 써 내려가는 게 어렵다. 글을 쓰고 퇴고하며 바라보는 나의 이야기는 잘 알지 못했던 나를 다시 바라보게 해주었다. 그리고 지금보다 앞으로의 삶을 기대하게 한다. 노년에도 내 삶의 글이 남겨진다면 또다른 의미 있는 글이 되길 소망해 본다.

제1화
병 베지밀

" 강렬한 사랑은 재지 않는다.

그저 주기만 할 뿐이다. "

- 마더 테레사 -

친정아버지가 그리울 때,
병 베지밀

아무도 없는 마을 공터엔 국기 봉 3개와 흙먼지 그리고 자갈돌로 놀고 있는 나 혼자뿐이다. 친구들은 노란 옷을 입고 과자도 주는 유치원을 다닌다. 유치원에서는 맛있는 초코파이랑 요구르트를 준다. 나는 같이 놀아주면 초코파이를 나눠주는 친구를 매일같이 마을 공터에서 기다린다. 같이 놀 때면 어떤 날에는 반절도 주고 또 어떤 날에는 조금 준다. 맨날 그런 친구들이 부러워 꽁무니를 따라다닌다. 그런데 하루는 주지도 않고 줄락 말락 놀리는 녀석이 정말 짜증

나게 한다. 놀다가 초코파이로 놀리는 녀석이
미워서 흙을 한 주먹 뿌렸더니 가버린다.

'흥. 가라지 뭐. 칫!'
'난 혼자서도 잘 놀 수 있는데 뭐'

혼자 중얼거리며 조그만 돌들을 모으고 있다.
바람이 불면 흙먼지가 한 무더기 날리기만 할
뿐 재미가 없다. 혼자서 노는 것도 싫지만, 집에
가면 언니가 '청소해라. 걸레 빨아라.' 하는 잔
소리는 더 싫었다.

서쪽 하늘이 붉게 물들어 갈 무렵 마을 어귀에
서 아빠의 경운기 소리가 '딸딸딸' 반갑게 들려
왔다.

'어? 이건 아빠꺼 경운기 소리다'

소리가 나는 곳으로 곧장 달려간다. 아빠가 보

인다. 밀짚모자를 쓰고 운전하는 아빠가 너무나 반갑다. 경운기 뒤 칸엔 고구마순이 가득하다. 꽃무늬가 화려한 몸뻬를 입은 엄마도 있다. 우리가 잘 먹는 고구마순 김치를 담고 토끼 밥도 주려고 밭일하고 얻어 오신 모양이다. 엄마랑 아빠랑 경운기를 타고 집에 갈 생각에 신이나 달린다. 신고 있던 슬리퍼가 흙길의 튀어나온 돌부리에 걸려 넘어지면서 오고 있는 경운기에 부딪혔다.

엄마의 다급한 목소리만 잠깐 기억에 남을 뿐 나머지는 기억이 나지 않는다.

"어메 어찌랄이여, 어찌랄이여"
"아이고, 아이고,"

아빠는 그길로 나를 업고 옆 동네 의원 집까지 곧장 달려갔다. 내가 눈을 떴을 때 누구의 집인

지 모르지만 따뜻한 아랫목에 누워있었다. 윗옷
은 배가 보이도록 올라와 있었고 얼굴과 배엔
여기저기 빨간약이 발라져 있어 따끔거린다. 다
행히 큰 부상은 아니라 병원은 안 갔다. 집으로
돌아올 땐 아무것도 보이지 않는 깜깜한 밤이었
다.

그때 난 아빠의 등에 처음 업혀본 것 같다. 아
무 말도 하지 않는 아빠가 무섭다. 작은방 한
칸에 여섯 식구가 살기에 좁아도 아빠 자리는
항상 따뜻한 아랫목이다. 그날은 나를 아랫목에
눕혀주었다. 엄마는 편히 쉬라고 하면서 다시
화가 나는 말로 나무라기를 반복하신다.

"그만하길 다행이다 다행이여 어쩔 뻔했냐?"
"증말 큰일 날 뻔했어야!"
"근디 뭔 염병하고 경운기 오는디 달려드냐고?"
"달려들길 달려들어 응?"

3살 위 언니와 3살 아래 코흘리개 동생도 빨간 약을 잔뜩 발라진 얼굴에 놀랐는지 훌쩍거리며 이불도 덮어주고 친절해진다. 많이 안 아프지만 아픈 척 연기를 한다. 그러면 더 잘해줄 것 같아서다.

아빠는 언제나 새벽부터 일을 시작한다. 두말가우지기(약 500평) 정도 뿐인 논은 아빠 혼자 얻은 전 재산이라고 한다. 아빠에겐 경운기와 탈곡기 같은 기계가 우리보다 항상 소중한 존재다. 기계에 무슨 일이 생기면 몇 날 며칠을 만지고 고치고 하신다. 아빠는 퉁명스럽게 약 잘 발라주고 먹을 것 좀 잘 챙기라고 엄마에게 얘기한 게 전부다. 항상 일만 하는 아빠라고 생각했지만 이렇게 엄청 많이 빨간약을 발라진 나에게 별로 신경 써주지 않는 것 같아 서운하다.

엄마는 아침에 유리병에 담긴 따뜻하고 뽀얀 병 베지밀을 나만 준다. 아빠가 몇 병 사 오셨다고 한다. 처음 먹어본 베지밀은 달고 맛있다. 아빠는 뭘 사서 오신 적이 별로 없다. 그래도 내가 신경 쓰였나 보다. 특별해진 느낌이다. 병 베지밀은 아빠가 나를 걱정하고 사랑한다고 표현하는 최고의 방법이었을 것이다. 농사일밖에 모르는 아빠라고만 생각했었다. 먹고 사는데 바쁜 아빠는 자식 사랑의 표현이 어색하고 어렵다. 농사일이 전부였던 시절의 아빠는 그랬다. 그렇게 병 베지밀은 아빠가 나를 걱정하고 사랑한다고 표현해주는 최고의 방식이었다.

베지밀을 볼 때면 몇 해 전 우리 곁을 떠나신 아빠가 그리워진다. 따뜻한 병 베지밀을 손에 품고 있으면 뽀빠이 아저씨 같던 밀짚모자 쓴 우리 아빠가 너무 그립고 보고 싶어진다.

제2화
가출일기

"좋은 집이란 사는 것이 아니라

만들어지는 것이어야 한다."

— 조이스 메이나드—

집 떠나면 개고생이란 말을
버스를 탈 때는
몰랐지.

벗어나고 싶어

 황금 같은 토요일 오후는 친구들과 놀기에 너
무도 좋은 날이다.
엄마는 내가 오길 기다렸다는 듯 주방에서 나오
며 내가 해야 할 일들을 말한다.

"야, 정화야 오늘 우리 논 벼 베니까 있다가 막
걸리 받아서 논으로 참 내와라이"
"네~엑, 아잇! 짜증 나!"

엄마는 딱 해야 할 것만 일방적으로 전달하고 논으로 가신다. 짜증이 난다.

학교에서 짝꿍 남희가 혼자서 서울 간다는 말이 불현듯 떠올랐다. 놀지도 못하는 건 당연하고 일까지 해야 하는 집에서 벗어나고 싶어진다.

일도 싫고 잔소리도 싫고 서울에 나도 가야겠다. 엄마가 시킨 일은 에라 모르겠다. 주름장식 블라우스와 하얀 면 치마를 입고 책가방에 옷 몇 벌을 넣는다. 언니가 책갈피에 숨겨둔 용돈까지 재빠르게 챙긴다. 버스를 타러 가는 길에 심장이 빠르게 뛴다. 몰래 도망치는 기분과 빨리 벗어나고픈 발걸음으로 시골 버스를 탔다. 햇볕이 뜨겁게 내리쬐는 오후는 정말 일하러 가기엔 최악이다.

시외버스터미널에서 만난 남희는 가방 하나 덜렁 들고 있다. 서울행 버스는 저녁에 탈 예정이라 롤러스케이트장에서 놀다가 가자고 한다. 처음 가본 롤러스케이트장은 방방 울리는 팝송으로 고막이 터질 듯 들린다. 토요일 오후에 놀고 있는 많은 학생을 보자니 부럽고 놀랍다. 롤러스케이트장은 너무도 낯설고 엄마가 시킨 일이 마음에 걸려 놀고 싶은 마음이 없다. 어둑한 실내에서 바퀴 달린 신발을 신고 뒤로, X지로 빙빙 돌기만 하는 걸 보는데 어지러워 현기증이 난다. 타지도 않는 롤러스케이트장에서 가방만 몇 시간을 지키며 서울행 버스 시간만 기다린다.

오후 5시 20분 서울행 고속버스를 탔다. 서울 도착해서 전철을 몇 번 갈아타고 밤 11시쯤 서울의 어떤 집에 도착했다. 남희네 엄마 집인 줄 알았다. 대문을 열고 들어가면 커튼이 있는 창문과 침대방이 있는 곳일 거라고 기대하고 있었다. 그런데 나의 예상은 하나도 맞는 게 없다.

대문을 밀고 들어가서 왼쪽 반지하 계단으로 내
려간다. 다시 안쪽으로 들어가더니 청바지 만드
는 공장이란다. 어떤 언니 한 명이 반지하 공장
옆을 가리킨다.

'이제 니들은 여기서 지내면 돼'라며 내 가방을
받아준다. 지독한 약품 냄새와 실타래의 먼지들
이 가득한 반지하. 나는 앞으로 여기서 일해야
하는 건가? 생각지도 못한 상황에 무섭고 두렵
다. 그때 서야 집보다 더 좋지 않은 환경에 두
려움 밀려왔다. 집으로 돌아가고 싶다는 생각이
간절하다. 그러나 처음 타본 전철과 서울행 고
속버스를 타고 어떻게 집으로 돌아갈지 모르겠
다. 가는 길을 전혀 모르는 완전 촌년이다.

 자정이 넘었는데 남희는 서울 구경시켜준다며
나가자고 한다. 아는 사람도 없고 낯선 곳이라
남희만 따라다닌다. 대문 앞 근처 놀이터에는
나보다 조금 더 큰 남자 서너 명이 있다. 그 무

리와 아는 사이인지 남희는 아무렇지 않게 담배도 피우고 거친 말들이 오고 간다. 학생이 담배를 피우는 모습은 처음 본다. 거기에 있던 애들은 전부 근처 공장에서 일하는 애들이다. 앞으로 자주 보자는 남자애들도 남희도 불량스러워 불편하다. 속마음을 들킬까 봐 공장 집으로 간다고 말하고 먼저 자리를 피한다. 대문 앞 오른쪽으로 공중전화부스가 보인다. 동전을 넣고 한참을 망설이며 늦은 밤 숫자판 번호를 누른다.

'띠리링 띠리링' 신호가 간다.

두근두근 가슴이 쿵쾅거린다. 얼른 수화기를 내려놓는다. 잠시 생각한다. 공장 집으로 들어가면 다시 못 나올 것 같은 무서운 생각이 스친다. 다시 수화기를 들었다.

'띠르릉 띠르릉' '탈칵'

"여보세요, 여보세요"

엄마 목소리에 눈물이 왈칵 쏟아진다.

"엄마, 엄마 잘못했어요. 친구 따라서 서울
왔는데 나 집에 가고 싶어요."

떨리는 목소리로 말을 하고 나니 엄마의 울음
섞인 목소리가 들려온다.

"아이고, 정화야 어디냐? 어디여?"
"그 먼디를 누구랑 갔어? 누구랑? 어?"
"어디여? 데리러 갈랑께 말혀봐야,"
"어서, 아이고"

목이 메어 말이 잘 나오지 않는다. 엄마 목소
리를 듣는 동안 눈물인지 콧물인지 얼굴은 범벅
이 되었다. 엄마가 데리러 온다는 말이 너무나
고마웠다. 오늘 밤을 잘 버티면 내일은 집에 갈
수 있다는 생각에 막막했던 마음이 진정된다.

남희에겐 말하지 않고 숙소에 들어와 한 귀퉁이에 가만히 눕는다. 반지하 공장의 좁은 방에 다닥다닥 붙어 처음 보는 사람들과 잠을 자야 하는 곳은 공포였다. 서울에 가면 내가 원하는 방식으로 즐겁게 살 수 있을 줄만 알았다. 그냥 친구 집에서 놀고먹으며 지낼 수 있을 거로 생각했다. 자고 일어나면 청바지를 만드는 허드렛일을 해야 한다는 건 생각지도 못한 일이고 너무나 큰 충격이었다.

'내가 공순이가 되는 건가? 이렇게 지내려고 집 나온 것이 아닌데 이게 뭐지?'

혼자만의 공포에 휩싸인 채 밤새 잠을 설쳤다.

일요일 아침이다. 방 옆의 문 하나를 열고 공장으로 들어간다. 비슷한 또래의 오빠, 언니들이 6명이나 있다. 왜 학교를 안 다니고 여기에 있는 걸까. 정말 궁금했지만, 물어볼 수는 없다. 1층에 살던 주인아저씨는 오늘부터 같이 일할 친구들이라며 나와 남희를 소개한다. 그곳에서 내가 할 일은 청바지 옷감을 들고 나르는 일이다. 무겁고 지독한 냄새를 계속 들이킬 수밖에 없다. 공장 안은 산더미처럼 쌓인 옷감들로 먼지와 청바지 냄새로 속이 메스껍고 어지럽다. 오후가 되어도 엄마는 오지 않는다. 온종일 시계만 본다. 엄마가 데리러 오지 않을까 봐 걱정되기 시작한다. 어떡해야 집으로 갈 수 있을까 눈물이 난다. 벌써 깜깜해지기 시작하는데……

어둑해진 저녁이 돼서 양복을 입은 남자 한 명이 남희와 나를 찾아왔다. 남희네 친오빠였다. 주인집에서 나오더니 우리에게 지금 바로 시골

집으로 가야 하니 짐을 챙기라고 한다. 드디어 우리 집으로 간다는 생각에 책가방을 들고 대문 앞을 나선다. 주인아저씨는 담엔 가출 말고 진짜 일 할 수 있을 때 오라고 하면서 웃는다. 남희는 안 간다고 떼를 쓴다. 그 모습을 보니 정말 한심하기 짝이 없다. 한시라도 빨리 집으로 가고 싶다. 남희는 네가 전화했냐며 욕하고 원망의 눈빛으로 쏘아붙인다. 불편했지만 못 본 척한다. 전철을 탔을 때 화를 참지 못한 남희 오빠는 정신 차리고 공부나 하라며 화를 낸다.

"야! 너희 때문에 어젯밤 시골집들은
난리가 났었어!"
"아냐? 어린것들이 화!"
"니들이 나가서 돈을 벌어?"
"내려가면 잘못했다고 싹싹 빌고 공부나 해라."

1박 2일 만에 집에 돌아갈 거라곤 생각하지

못했다. 한심하고 어이가 없다. 깜깜한 밤 시골로 가는 버스를 타니 긴장이 풀려 잠이 든다. 밤 11시. 시골 버스터미널에 도착하니 막상 시킨 일 안 하고 집 나가서 혼날까 봐 걱정된다. 남희네 오빠랑 택시를 타고 집에 도착할 때까지 다시 서울로 가야 할까 하는 생각도 든다. 집 앞에 엄마, 아빠, 언니가 나와서 기다린다. 가족이 보이면서 눈물, 콧물이 헤어진 이산가족 만남처럼 흘러내린다. 잘못했다고 말하는데 엄마와 언니가 꼭 안아준다. 한참 동안 깊은 밤이 새도록 집 앞에서는 이산가족 상봉의 모습이다.

월요일에 눈이 팅팅 부어서 일어났다. 엄마는 쉰 목소리로 밥 먹으라고 한다. 언니는 시험 기간이라 학교에 일찍 갔고 아빠는 일하러 나가셨다. 동그란 밥상에 몇 가지 없는 반찬이지만 따듯한 밥 한 공기를 보니 눈물이 났다.

"엄마, 이제 절대 집 안 나갈 거야. 거기 공장이
있어. 정말 무서웠다니까."
"애들이 담배도 피우고, 밤에도 막 돌아다녀,
나 집에 못 오는 줄 알았어!"
엄마는 애써 대답해주었다.

"왜? 또 가봐라이 가봐."
"이제는 진짜 안 찾는 다이.
 안 찾어"

엄마랑 나는 또 한 번 눈물과 콧물로 아침밥을
먹고 아무 일 없는 듯 학교에 갔다.

 주말이면 친구들과 놀고 싶고 농사일이 너무나
싫었던 사춘기 소녀였다. 서울 가면 드라마처럼
다 잘 살 수 있는 줄 알았다. 싫었던 농사일도
시골에서의 생활에서 벗어나고 싶었다.
도망치듯 행동한 일이 어리석음이었다는걸 알았
을 때는 반지하 공장의 계단 앞이었다.

막상 현실은 반지하에 청바지 만드는 공장이고 지독한 화학약품 냄새와 허름한 숙소였다.

중학교 2학년 사춘기 시절. 1박 2일의 짧은 가출은 나에게 집 떠나면 개고생이란 말과 가족의 사랑을 몸소 느끼게 해주는 소중한 시간이 되었다.

제3화

선생님의 선물

"얼마나 좋은 선물인지는 그 물건의 가치보다

그 선물의 적합성에 있는 것이다."

-찰스 더들리 워너-

따뜻한 관심은 열정을 일으킨다.

중학교 다니면서부터 아빠의 일손을 돕는 날이 많아졌다. 농사일은 작은 손 하나라도 보탬이 될 때가 많다. 일을 마치면 칭찬도 해주고 공부도 잘하라고 말씀하시곤 한다. 나는 공부를 잘하는 학생은 아니다. 성적에 대한 약간의 열등감은 있지만 무슨 베짱인지 한글을 읽을 줄 알고 계산할 줄 알면 된다고 생각했다.

중2 담임 선생님은 31살 노처녀다. 깔끔한 정장에 귀를 살짝 덮는 파마머리를 하고 조금은 딱딱한 어투를 사용하신다.

"애들아, 이번 중간고사에서 성적 올라가면
선물 줄 건데 공부 좀 할래?"
"누구든 시험 잘 보면 상품 받는다."
"누가 상품 받을지 벌써 궁금한데"

내가 선물을 받을 일은 사막에서 바늘 찾기일
것이다. 공부 잘하는 아이들이 선생님에게 귀염
받는 게 부럽다. 내가 공부를 잘할 수 있을까?
멍하니 아무런 생각이 없다.

"정화야, 책 한 번씩만 읽어보고 시험 봐라."
"네~"

갑자기 내 이름 불러서 이런 말을 하다니 애들
까지 쳐다봐서 얼굴이 빨개진다. 빨리 관심 밖
으로 벗어나고 싶다. 왜 내 이름을 부른 걸까
궁금했지만, 물어볼 용기는 없다.

시험을 본다고 책상에 앉아 있는 건 쉬운 일이 아니다. 공부라는 게 도통 뭔지도 모르겠다. 시험 기간이라도 아빠 일손이 필요하면 연필이 아닌 삽을 들어야 했다. 아빠는 소일거리로 종종 딸딸이에 시냇가 모래를 퍼서 팔기도 한다. 이건 불법이지만 시골에서는 퍼가는 사람이 임자일 때가 많다. 동네 어르신들이 모래를 좀 퍼달라 요청하면 나는 아빠와 함께 삽을 들어야 했다. 요즘엔 보이지 않는 딸딸이(엔진은 경운기 머리, 뒤 칸은 트럭)는 그 시절 최고의 농기계로 대접받았다.

중간고사 시험을 보면 일찍 하교해서 기분이 좋다. 다음 시험공부를 위한 시간이지만 나에겐 그냥 자유다. 집에서 아빠가 나를 기다리고 계셨다. 역시나 모래를 푸러 가자는 거다.

'에잇 그냥 학교에 더 있다 올걸!'

후회는 늦었고, 두 자루의 삽은 딸딸이에 실린다. 냇가를 가려면 딸딸이를 타고 마을 앞 큰 삼거리를 지나야 한다. 다른 동네 아이들이 버스를 타려고 모여 있는 곳인데 하필 난 후줄근한 옷을 입고 딸딸이를 타고 지나간다. 창피해서 온몸을 쥐며느리처럼 말고 빨리 지나가길 바라지만 이놈의 딸딸이는 거북이처럼 느리다.

삽질을 몇 시간씩 하면 저녁도 겨우 먹고 꿀잠을 자게 된다. 아침밥을 먹으며 마음이 불편하다. 선생님이 내 이름을 콕 찍어 책 한번 보라고 했는데…. 오늘은 늦게 올 거라고 단단히 말하고 학교에 갔다. 알 듯 모를 듯 시험지에 집중한다. 모르는 문제는 연필을 굴려 가며 찍는다. 감독으로 들어온 선생님께 굴리던 연필이 잡혔다. 눈이 마주쳤을 땐 식은땀이 나고 숨고 싶었다. 선생님은 조용히 '다시 풀어봐'라고만 하셨는데 사회시험을 어떻게 풀었는지 기억이 나지 않는다. 시험을 다 마치고 집에는 가기 싫고 교실은 답답해서 운동장에 앉아 있는데 선생님이 나를 보고 나오셨다.

"정화야 시험 보기 전에 책 읽어보라고 했는데 안 봤어?"

"보려고 했는데. 어제 아빠 일 도와드리고 피곤해서…."

"선생님이 보기엔 정화 너는 책만 몇 번 읽어도 성적이 오를 것 같은데"

"오늘은 내일 시험과목 책 좀 봐봐?"

작은 목소리로 '네'라고 대답하고 교실로 왔다. 시험 볼 때 연필 굴리기로 해서 혼날까 봐 졸았는데 시험공부를 하라고 말씀해주시는 선생님이 정말 다정하게 느껴졌다. 어렵다고만 느껴졌던 선생님의 존재가 처음으로 좋아진 시점이다. 교실에서 두 시간을 조금 넘게 필기했던 노트와 책을 보고 집으로 갔다. 공부라는 것은 모르겠지만 책을 보란 말은 그때 조금 알 것 같았다.

그 후 시험 결과가 나왔다. 선생님께서 포장된 선물을 세 개 들고 오셨다. 누가 선물을 받는지 부러워진다. 나도 받으면 좋겠는데. 친구들 이름이 불리고 부러워할 때 '다음은 5등 올라간 강정화' 내 이름이 불렸다. '나? 나라고?' 생각지도 못한 내 이름이 불린다. 의자에서 일어나 선물을 받으러 가는데 얼굴이 빨갛게 홍조가 올라온다. 친구들의 박수와 선생님의 칭찬이 어색하고 부끄러웠지만, 기분은 최고였다.

예쁘게 포장된 선물은 기다란 것과 네모난 모양으로 두 가지다. 처음으로 선생님께 받은 선물이다. 내가 뭔가를 이루어 낸 듯한 기분이 들어 뿌듯했고 성적으로 소심했던 나 자신에게 자신감이 생겼다. 그 이후부터 수업 시간에 더 집중하게 되고 수업 참여도 잘하려고 노력했다. 물론 시험 기간이 되면 책을 한 번 더 보는 습관도 생겼다. 중2 중간고사부터 시험을 볼 때면 매번 선생님이 주는 상품을 받는다. 자식 자랑을 별로 하지 않던 엄마도 동네 아줌마들과 있을 때면 공부 잘해서 매번 선물 받아 온다며 자랑한다.

지금도 나는 궁금하다. 선생님께서 이름을 불러주며 관심을 주셨던 이유는 아무리 생각해도 잘 모르겠다. 다른 친구들에게도 관심과 애정이 많았겠지만 그래도 내 이름 콕 찍어 불러주셨던 선생님이다. 그동안 받아보지 못한 관심이라 어색하다. 선생님이 불러준 내 이름 한번은 시간이 지날수록 자존감을 높여주고 발전하는 아이로 변화시켰다. 시험 기간이면 책을 한 번 더 보는 아이가 되었고 부족하다고 투정하기보다는 노력하는 아이로 생각을 바꾸게 되었다. 칭찬받고 싶었던 아이에게 선생님의 선물은 성적을 올릴 수 있는 동기부여가 되었던 것은 확실하다. 선물은 노트, 필통 연필 등 필기도구였지만 그 선물들은 지금까지 내가 자신 있게 살 수 있는 시작점이 되었다고 생각한다.

중학교 생활에서 유일하게 단비 같았던 선생님과의 추억이다. 졸업 후 한 번도 찾아뵙지 못해 죄송하다. 선생님에게 꼭 드리고 싶은 말이 있다. 선생님 덕분에 자신을 아낄 줄 알고 자신 있게 살아가는 학생이 되었습니다.
감사합니다.

제4화

그 시절 나의 고등학교는.....

"젊은이들은 별 이유 없이 웃지만

그것이야말로 그들이 가진 가장 큰 매력 중의

하나이다."

-오스카와일드-

맑고 순수했던 단발머리 소녀

  인문계 또는 상업계 어느 고등학교에 갈 것인지 고민할 필요가 없다. 공부 잘하는 언니가 부모님의 부담을 덜기 위해 상업고등학교를 진학하면서 나도 자연스럽게 상업고등학교를 진학했다. 3년 터울 언니가 졸업하면 교복도 물려받을 수 있고 통학버스도 있어 엄마, 아빠가 굳이 인문계로 보낼 이유는 없었다.

고등학생의 시작은 자유보다 규율부터 배운 것 같다. 여학생 머리카락 길이는 귀밑 3센티를 넘으면 안 되고, 명찰을 달고 교복을 입은 모습은 단정해야 했다. 매일 등교 시간에 선도부가 정문에서 검열한다. 종종 넥타이가 없어서, 명찰을 안 차서 정문 옆 벌칙장소에 쭈그려 앉는다. 선생님 손에 든 몽둥이로 '통통' 머리 맞으며 오리걸음으로 '뒤뚱뒤뚱' 교실까지 들어간다. 선머슴처럼 바지만 입다가 교복 치마를 입고 벌칙을 수행하는 건 짜증 나는 일이다. 새로운 학교에 적응하기 바빴던 신입생 시절이다.

소극적인 중학생 시절과 달리 학급위원 활동하며 친구들과 친해질 기회가 많아졌다. 상업계이다 보니 취업과 연결된 자격증 시험도 소홀할 수 없다. 낙엽 굴러가는 모습만 봐도 깔깔깔 웃던 10대 소녀의 비밀들은 끝도 없이 만들어진다. 날마다 교복 입고 책가방과 도시락 챙겨 다

넸던 고등학교 추억은 이야기보따리다. 동문이 아니고서는 이해할 수 없는 독특하고 흥미로운 추억이기도 하다.

고1 봄 소풍 날 앞머리를 쫑긋 세우기 위해 풀을 발라 한껏 멋을 부리고 등교한다. 스프레이가 귀하던 시절 내가 멋을 낼 수 있는 도구는 풀이나 밥풀의 찐득한 물을 발라 앞머리를 고정한다. 등굣길 앞서가던 아이들이 정문을 통과할 때 두 갈래 줄로 나뉘어 걸어가는 모습이 보인다. 들뜬 마음으로 정문을 들어섰을 때 알게 되었다. 아뿔싸. 선도부 선배들이 내 앞머리를 잡아당기며 오리걸음 자리로 안내한다. 학생이 멋을 낸다는 이유로 벌을 받는 게 억울하다. 세면대에서 앞머리를 감고 미역 머리가 돼서 지도부 선생님에게 검열받은 후 운동장에 줄과 열을 맞춘다. 담임 선생님은 그냥 웃기만 한다. 약 오르고 화가 났지만 내가 할 수 있는 게 없다. 소풍 장소가 고창의 명산이라지만 방장산까지 가는 길 내내 기분이 안 좋다. 줄지어 걸어가는 모습은 마치 일개미들처럼 보였다.

고2 수학여행은 학수고대하던 제주도다. 엄청나게 큰 배를 타고 출발해서 2박 3일을 지내고 비행기로 돌아오는 일정이다. 비행기 창문으로 하늘이 보이고 구름을 가로지르는 모습은 너무나 신기하다. 7월의 제주도의 길가엔 진분홍 꽃나무도 예쁘고 멋지게 떨어지는 폭포와 돌하르방이 있는 곳곳마다 설레고 즐겁다. 친구들과 다양한 모습으로 기념사진도 찍고 게임도 하며 신나던 시간은 눈 깜짝할 새 지나갔다. 즐겁게 다녀온 수학여행의 후폭풍은 등교하며 시작됐다. 수학여행의 여운이 사라지기도 전에 학교가 발칵 뒤집힌다. 한 명으로 시작된 친구의 이성 교제 고발은 친구들 우정에 금이 가는 큰 사건이 되었다.

수학여행을 다녀온 후부터 복도에는 무릎 꿇고 벌을 받는 친구들로 빈 곳이 없을 정도였다. 이유인즉 성별이 다른 두 명의 친구가 찍힌 사진 또는 사귄다는 소문만으로도 꾸지람을 듣고 반성문을 써야만 했다. 대부분은 반성문을 쓰고 교실에 복귀했지만, 끝까지 이성 교제하겠다던 커플은 자퇴까지 했다. 난 너무도 착실했던 걸까? 복도에 나갈 일은 없었다. 괜찮다고 생각했던 이성 친구와 같이 찍은 사진 한 장 없던 게

서운했지만, 반성문 쓰는 친구들을 보니 속으로
얼마나 다행이라고 생각했는지 모른다.

여자 축구부가 있었던 학교는 잔디 운동장을
만들기로 계획하고학생들에게 함께 만들어 가자
고 했다. 먼지가 날리는 흙바닥의 운동장은 24
개 칸으로 선이 그어진다. 칸마다 반이 정해지
고 전체 학생들은 칸을 채우기 위한 잔디를 제
출해야 했다. 가로. 세로 30센티미터 10장씩 제
출하지 않으면 벌을 받거나 혼나는 게 당연한
일이었다. 다들 다양한 방법으로 잔디를 구해온
다. 파는 잔디를 쉽게 구할 수 없던 시절이기에
냇가나 동네 묘지에서 퍼오기도 한다. 어느 날
교내 방송으로 학교 주변에 있는 묘지에서 잔디

를 퍼오지 말라고 한다. 주인이 잔디가 벗겨진 걸 보고 학교에 항의했다며. 수백 명 학생의 등 굣길엔 책가방보다 잔디 포대가 중요했다.

 잔디 운동장은 학생들의 노동으로 만들어져 간다. 몇 명의 남학생들은 수업 대신 잔디 심기를 하겠다며 몇 날 며칠을 학교 운동장에서 열심히 잔디를 심고 있다. 등굣길에 경운기를 운전해 냇가에서 잔디를 잔뜩 퍼오기도 한다. 책보다 잔디 운동장을 만드는데 심취한 친구들이다. 벌칙이 많은 학생 그리고 체육과 교련 시간에는 무조건 운동장에 잔디를 심거나 주변 관리하는 시간으로 활용한다. 그렇게 잔디 운동장은 2년에 걸쳐 학생들의 땀과 노력으로 만들어졌다. 그리고 관리 역시 학생들의 몫이다. 해마다 잔디 씨앗을 편지 봉투 하나씩 제출해야 하고 전체 조회 시간이면 두 주먹씩 풀을 뽑거나 주변 청소까지 해야 한다. 녹색의 넓은 잔디 운동장은 만들어졌지만, 여자 축구부만 쓸 수 있었다. 졸업 때까지 맘껏 뛰어보지 못한 게 아쉽다.

  고3 수업 시간은 취업을 위한 준비과정으로 진행된다. 학생들이 직접 수업 과정을 준비해 발표하며 발표력과 자존감을 키워가는 시간으로 진행된다. 그 외 실습수업은 이해하기 어려웠던 시간이기도 했다. 교무실 앞에서 온종일 90도로 숙여가며 인사를 하며 예절을 배웠다. 또 다른 실습으로 커피를 타거나 선생님들의 보조로 교과수업을 준비도 한다. 선생님들 편하여지려고 하는 거라 생각 들어 불편한 수업들이었다. 가장 어려웠던 건 상설 판매라는 실습으로 보따리 상처럼 생활품들을 동네에 들고 가서 일정부분 판매해야 했던 시간이다. 다행히 동네 아줌마들이 몽땅 사줘서 고생은 덜했지만 정말 싫었다.

1994년 가을. 현대전자에 취업해서 처음으로
한 일은 커피 열 잔을 타는 일이었다. 백화점으
로 입사한 친구는 허리를 90도 숙여 인사를 하
면서 종일 서 있는 게 일이었다. 고3 실습시간
은 어쩜 지금은 상상조차 할 수 없는 교육이지
만 그때는 필요한 시간이었을지도 모른다고 생
각해본다.

고등학교 추억은 동창들만 공감할 수 있는 이
야기가 많다. 주변 사람들과 어쩌다 이야기할
때면 나를 이상하리만큼 쳐다본다. 이성 교제의
불합리한 규율, 학생들의 노동력으로 만들어진
잔디 운동장. 그 시절에는 당연하게 받아들였던

것들이다. 지금 생각해보면 매를 들고 있던 선생님에게 반항할 줄 모르는 순박한 학생이라서 가능했던 것 같다. 그래도 친구들과 같이 웃고 뛰며 즐길 수 있었던 시간이었다. 수학여행을 다녀와 반성문을 썼던 친구들은 풋풋한 첫사랑과 억울한 풋사랑의 추억으로 울고 웃었다. 풀을 발라 멋 내고 싶었던 10대 소녀 마음을 몰라준 선생님은 야속했지만 지금 생각하면 유쾌했던 시간이다.

취업이 목표였던 상업계에서 대학에 가고 싶다는 생각도 했었다. 인문계의 과목은 알아서 따로 공부하라는 말을 듣고 빠른 포기를 했다. 고등학교의 교육과정은 이해하긴 어려웠지만 나름의 독특한 시간이다. 맑고 순수했던 단발머리 소녀가 멋모르고 열심히 다녔던 시절이 생각날 때면 입가에 미소를 머금게 한다.

제5화

인 연

" 나는 스스로에게 불평하기에 앞서,

내가 잃은 것보다

여전히 내가 내안과 밖에 갖고 있는 것들을

먼저 생각한다 "

- 미셸 몽테뉴 -

마음이 원하는 사람을
만나는 것

　인연은 만드는 걸까 만들어지는 걸까. 스물셋
생일날. 친구와 입사 동기들 그리고 동료의 축
하로 기분이 좋다. 한 잔씩 주는 축하주를 기분
좋게 마시다 보니 취한다. 시간 가는 줄 모르고
1차, 2차를 달린다. 얼큰하게 취기가 올라올 때
쯤 기숙사 통제 시간 11시를 넘겼다. 들어갈 수
가 없다. 친구들과 갈 곳을 헤매다 문이 열려있
는 회사 사무실로 갔다. 늦은 밤 의리로 불편함
을 같이해준다. 의자를 붙여 눕거나 책상 위에

새우처럼 누워있는 녀석들을 보니 웃음이 난다. 그리고 생일꽃다발과 선물들을 잘 챙겨 따라온 조용한 남자가 옆에서 나를 바라본다.

아무런 말 없이 조용히 챙겨준 사람이다. 횡설수설하고 비틀거려도 나만 졸졸 따라다닌 순해 보이는 남자다. 술에 취해 속이 좋지 않던 나를 챙겨주는 모습은 새롭다. 서울 사람이지만 서울 뺀질이 같지 않고 착한 인상을 준다. 통근버스로 출퇴근하는 사람이 그날은 막차를 타지 않았다. 사무실 복도 커피자판기의 불빛이 보인다. 자판기 커피 한잔을 건네며 '사귀어볼까요.'라고 조심스레 말을 걸어온다. 생각지도 못한 그 남자의 말에 뭔지 모를 콩닥거림이 있다.

그와 나 단둘이 비밀스럽게 사귀기로 한다. 주위 사람들 몰래 데이트는 쉽지 않다. 회사 근처에서 만나면 알아보는 사람들이 있을까 봐 종로까지 영화를 보러 갔다. 로맨틱할 줄 알았던 첫 데이트는 엉성하다. 흡혈귀 영화 블레이드를 보려고 예약 시간에 맞춰 극장에 갔다. 콜라와 팝콘을 들고 자리에 앉을 때 팝콘을 엎을 뻔했다. 옆자리가 회사 여직원이라니. 서로 눈치껏 눈인사만 한다. 영화가 끝날 때까지 머릿속이 엉망이다. 어떡해야 하지. 비밀로 해달라고 말을 해야 하나? 아니면 그냥 모른 척 지나갈까? 영화가 눈에 들어오지 않는다. 수많은 걱정과 달리 영화가 끝나고 여직원은 말없이 자리를 피해줬다. 회사에서는 눈웃음으로 비밀을 지켜주었다.

비밀연예는 생각보다 쉽게 들통이 났다. 그 남자 부서 회식 때 벌칙으로 술을 몇 잔 마시고 교제한다고 털어놓는다. 한동안 회의 시간, 점심 시간 등 온통 관심받는 커플로 불편한 시간의 연속이었다. 공개 연애가 좋은 건 숨기지 않고 편하게 만날 수 있다는 거다. 남자친구가 평소

다녔던 도서관에 가거나 새롭게 공사 중인 청계
천을 걷기도 하고 서울대공원에서 소소한 시간
을 보내기도 한다. 보고만 있어도 좋고 두근거
리고 설렌다. 좋았던 시간은 그리 오래가지 못
했다. 주말의 안부 전화 한 통으로 예상할 수
없는 힘든 시간이 시작되었다.

남자에게는 대단한 홀어머니가 계셨고 샤머니
즘을 단단히 믿고 있다. 사귄 지 4개월쯤 사주
를 보고 어울리지 않는다며 헤어지라는 거다.
샤머니즘을 믿지 않는 우리는 무시하며 만남을
이어갔다. 홀어머니는 아들의 여자를 인정할 수
없다며 시도 때도 없이 전화로 심한 욕을 해서
상처를 준다. 감당하기 어렵다. 남자는 미안함과
서투른 사랑으로 계속 함께하길 바라지만 홀어
머니를 저버릴 수가 없다. 같은 회사에서 헤어
지고 만남의 시간은 반복이다. 좋아했던 사람과
이별은 쉽지 않았다. 서로에게 힘겹고 어려웠던

7년의 세월을 버텨내고 결혼에 성공했다. 만나면 안 되는 인연이라 했지만 잘 살아가고 있다.

불확실한 사주는 내가 살아가는 데 도움이 되지 않는다. 어머니는 결혼한 후에도 사주에 대한 집착으로 우리를 불편하게 할 때가 많다. 좋지 않은 사주가 사사건건 문제를 만들기도 한다. 며느리는 바람을 피우고 아들은 일찍 죽는다는 점쟁이 말이 홀어머니를 불안하게 했을 것이다. 생각해보면 그 좋지 않은 말들이 우리를 더욱 바르게 살아가도록 만들어주고 있는지 모르겠다. 좋은 말은 참고하고 좋지 않은 말은 조심하며 살면 된다. 서로에 관한 생각을 존중하며 말하고 받아들이려는 노력은 부부에게 아주 중요한 덕목 같다.

어느덧 중년이 된 지금. 잔잔한 사랑과 믿음이
서로를 든든하게 지켜준다.
묵묵히 내 곁을 지켜주는 그 남자와 함께하는
지금의 모든 시간과 삶이 너무 좋다.

제6화
내 마음의 거리

" 당신이 만나는 모든 사람을 존엄과

존경으로 대하라. "

- 제퍼 켈러 -

서로의 다름을 인정하고

그다음 단계로....

　많은 변화가 있었다.

어머니와 63빌딩을 갔을 때 처음으로 아들이랑

손녀가 함께라며 좋아하신다.

불편한 게 싫어 어머님과 가족여행을 한 번도

가지 않았다. 좋아하시는 어머님의 모습을 보니

함께 시간 보내길 잘한 것 같다. 어머니도 이젠

점점 기력이 약해지는 게 느껴진다. 지금이 젤

좋은 때란 말이 맴돈다. 어머니는 백 새가 되서도 자식 사랑의 표현방식은 하나일 거다. 일방적이고 이기적인 자식 사랑. 오늘을 보내며 생각해본다. 다음에 또 시간을 보낼 수 있을까? 더 늦기 전에 후회하지 않아야 할 텐데…….
망설여진다.

'따르릉'
"여보세요"

"정화 바꿔요! 그 나쁜년"

"네? 여보세요. 어디세요"
"정화 바꿔!"

상대의 기분이 그대로 전달된다. 수화기에서 상스러운 육두문자가 날라 온다. 깜짝 놀라 가슴이 두근거린다. 회사에서 받을 수 있는 전화가 아니다. 회사까지 전화하다니. 내용이야 어떻든 '죄송합니다'라고 연신 말하며 얼른 전화를 끊는다. 뭐가 그리 당당한지 어이가 없다.

남자는 퇴근하면 몇 날 며칠을 어머니와 말다툼한다. 시골 출신에 고등학교까지만 졸업하고 사주도 좋지 않아 아들의 여자로는 말도 안 된다는 게 이유다. 의자가 부서지고 문이 뚫려도 아들의 방문은 열리지 않는다. 자기의 공간에서 미음을 알아달라며 애원하는 게 전부였던 남자다. 용기 내어 처음으로 좋아하는 여자라며 첫사랑이란다.

취업해서 적금 들고 나만의 목표를 세워 못다한 공부를 위해 야간대학을 다닌다. 19살부터는 스스로 인생을 설계하며 지낸 셈이다. 시골에서 남들보다 부유하진 못해도 가족의 사랑만큼은 부족함 없고 부모님이 믿어주는 만큼 바르게 사는 게 좌우명인 여자다. 나란 사람을 아직 잘 모르니 그럴 수 있지. 알고 보면 좋아지지 않을까 생각했었다. 남자가 잘 대처해주길 기다린다.

전화는 하루가 멀다고 걸려 온다. 불편한 감정들이 치밀어 오른다. 고민 끝에 더 이상 전화가 오지 않도록 부탁하며 잠시 시간을 갖자고 했다. 이별을 선택한 것이다. 헤어졌다는 말이 무색하게 회사에서 자주 보게 된다. 애써 외면해 보지만 그래도 신경이 쓰인다. 남자는 이별의 티를 내지 않는다. 남들이 보기엔 나만 나쁜 여자가 된 것이다. 우리의 사정을 알 리 없는 사람들 입방아에 오르내린다. 사내 연애의 쓴맛이다.

우리는 분명 헤어졌는데도 황당한 전화는 걸려 온다. 이런 말도 안 되는 상황이 너무 싫다. 헤어졌으니 믿고 전화하지 말라는 부탁 아닌 부탁으로 전화를 끊는다. 자꾸만 반복된 어머니 전화가 오히려 헤어질 수 없는 인연을 만든 셈이 되었다. 어느 날 남자에게 연락이 왔다. 미안하고 미안해서 기다렸단다. 언제나 내가 돌아오길 기다리고 있었다며 눈물을 흘린다. 그가 표현하지 못하고 오롯이 감당하고 있을 고통이 느껴졌다. 말하지 않아도 알 수 있는 눈물이 흐른다. 얼어붙었던 마음은 부드럽게 녹으면서 더 단단해졌다. 두 손을 잡고 서로에게 응원과 위로를 한다.

내 나이 27살. 남자는 5살이 더 많다. 남자의 어머니를 뵙고 인사드리던 날 쓰레기통 뚜껑이 날라 왔다. 상상도 못 한 일이라 눈물이 멈추지 않는다. 이 사람과의 앞날이 불안하다. 남자는 더 이상 기회가 없다는 걸 안다. 뭔가 분명히 해야만 한다고 생각한다. 점집을 찾아가 제사상을 뒤집었다. 그리고 양가의 축하는 바라지 말고 우리만의 결혼식을 하기로 했다. 고집불통 어머니는 생각하지 못한 일이다. 큰아들을 이렇게 결혼시킬 순 없다며 결혼을 3년만 미루라고 한다. 어쩔 수 없는 허락이었다. 친정 부모님에겐 아무 말도 하지 않았다. 좋은 사람 만나 잘 살기 바라는 마음으로 내 뜻을 존중해줬다.

만나고 헤어지기를 반복하며 7년 연애 끝에 30살 가을에 결혼했다. 남편은 없는 별도 따줄 사람이지만 시어머니와 관련된 일이 생기면 내 편은 아니다. 고생한 어머니에게 든든한 아들이자 남편의 빈자리까지 채워줘야 한다고 생각하는 사람이다. 결혼 전에 그걸 알았더라면 아마도 이 사람을 선택하지 않았을 거다. 효자 아들과 살며 힘든 시간이 많다. 물론 시어머니와 나 사이에서 어느 쪽을 선택하기 어려워하는 남편이 제일 힘들었었을 거란 생각은 종종 한다. 언제부턴가 나도 나름 요령이 생겨 갈대처럼 잘 살아가는 듯하다.

아마도 시어머니 인생에서 마음의 여유는 사치였을 것이다. 시아버지가 중동에서 일을 마치고 한국으로 돌아온 지 얼마 안 돼 교통사고로 돌아가셨다. 36살 젊은 여자가 혼자되어 한집안의 가장이자 기둥으로 살아야 했다. 첫째인 남편은 어머니에게 남편이자 애인이고 아들이었을 것이다. 평생 아들 둘 키우며 잘 먹이고 잘 입히는 게 우선이자 보란 듯이 잘 키웠다는 소리를 들어야만 했던 분이다. 한푼 두푼 모아 서울에 집도 한 채 마련했다. 점집을 다니며 좋고 나쁜 것을 철저히 구분해 지내는 걸 중요하게 생각한다. 쉽지 않았던 생활이 느껴질 정도로 어머니는 억척스럽고 강한 성격이다. 무엇보다 자식에게 짐이 되는 게 제일 싫다고 하신다.

칠순이 훌쩍 넘은 나이에도 한 달에 두 번은 마포시장에서 장을 봐 보내주시고 종종 용돈도 주신다. 내 주머닛돈을 아껴서 잘살아 보라는 어머님의 배려다. 아직도 어머님의 마음을 다 이해하지 못한다. 항상 주는 것은 당연하게 받으면서 거친 한마디에 속상하고 마음이 상할 때가 많다. 어머님의 표현방식이 남다르다는 걸 알면서도 말이다. 생각해보면 나 또한 표현하는 방법도 서투르고 말솜씨가 있는 것도 아니다. 어머니 관점에서 그다지 좋은 며느리는 아닐 것이다. 그런데도 자꾸만 퍼주는 어머니가 고맙지만 사실 아직도 어머님이 어렵다. 언제쯤 편하게 같이 여행을 갈 수 있을까. 더 늦기 전에 좋은 추억을 만들어야 할 텐데 말이다.

제7화
행복한 보물

" 행복의 한쪽 문이 닫힐 때 다른 한쪽 문은
열린다. 하지만 우리는 그 닫힌 문만 오래
바라보느라 우리에게 열린 다른 문은
못 보곤 한다. "

- 헬렌켈러 -

무료한 삶의 에너지가
충전되는 순간

'응애'하고 태어났을 때부터 커가는 모습을 한 시도 놓칠 수 없다. 처음으로 뒤집기에 성공했을 때 너무나 기특하고 신기하다. 기어 다니고 옹알이할 때면 우리 아이가 천재라도 되는 듯 느껴진다. 어릴 때의 행동 하나하나 성장기는 엄마에게 놀라운 행복이다. 귀엽고 사랑스러운 모습을 사진과 영상에 남기는 게 즐겁다. 세 살이 됐을 때 엉덩이를 흔들며 장난감 마이크에 열창하던 아이가 아직도 눈에 선하다. 엄마의 눈에는 아직도 꿀이 뚝뚝 떨어지는데 청소년기

에 접어든 딸들은 다 컸다며 점점 각자의 시간
으로 멀어져 가려 한다.

 노래 부르는 걸 좋아하는 큰딸을 위해 초등학
교 저학년 때 문화센터 동요 수업을 등록했다.
3개월쯤 지나 동요 선생님이 재능이 있다며 서
희중창단에 입단하여 같이 활동하면 좋겠다고
한다. 예쁜 단복도 입고 선택된 아이가 된 것
같아 기분이 좋다. 중창단이 되어 활동할 때마
다 같이 다니던 작은딸 승희도 노래를 잘한다.
두 딸이 노래를 부르는 모습은 천사들의 합창이
된다. 평범했던 일상이 설렘으로 가득한 시간의
시작이다.

 서툰 운전 실력으로 전국을 달린다. 딸들에게
재능이 있다고 하니 엄마는 물심양면으로 할 수
있는 건 총동원 한다. 초등 음악 교과서 녹음,
방송, 광고는 부가적인 활동이고 매주 동요대회

일정으로 바쁘다. 환경 주제로 열리는 국가의 주요 행사에 청소년 대표로 참여한 일은 아이보다 엄마가 더 의미를 둔다. 이천에서는 물론 예술의전당 등 크고 작은 무대에서 공연과 뮤지컬을 하며 다양한 경험을 쌓고 성장하는 시간이 된다. 바쁜 아이를 따라 더 바쁜 엄마는 도시락과 옷 가방을 들고 뛰어다닌다. 바빠진 일상은 매번 특별한 경험이자 생활의 활력소가 되어준다.

노래하는 친구들의 로망은 세계 최고의 합창단으로 인정받는 빈소년합창단과 함께 무대에 서는 것이다. 큰딸에게 기회가 왔다. 올해 여름방학 동안 15일 일정으로 빈소년합창단과 함께하는 공연이 예정되었다. 체코 프라하, 오스트리아의 대성당에서 하는 큰 공연들로 일정이 빼곡하다. 국내에서 소규모의 아이들만 참여할 수 있고 대부분 부모는 따라가지 않는다. 혼자서 현지 활동을 잘할 수 있을지 걱정 한가득 이다. 힘들어도 해보고 싶다는 말에 걱정은 일단 접어 두고 보내기로 한다. 견문도 넓히고 경험도 쌓고 고생도 나중에 큰 자산이 될 거라 믿는다. 작은딸은 쉽지 않은 기회를 박차고 공부하며 여름방학을 즐기고 싶다며 날려버렸다. 모든 부모가 그렇겠지만 아이에게 좋은 기회가 된다면 최선을 다하고 싶다.

생각해보면 나도 어릴 땐 판소리가 하고 싶었다. 신재효의 본가인 고창 읍내에서 무료 강습이 있었지만 그림의 떡이었다. 면 단위 시골서 버스를 타고 읍내까지 나오는 게 쉽지 않다. 버스비도 없고 농사일을 도와야 했던 시절이라 공짜로 배울 기회조차도 사치였다. 친정엄마는 손녀들의 공연영상을 볼 때면 나 어릴 때 동네 아줌마들 앞에서 노래와 춤을 추며 놀았다는 애기를 종종 한다. 손녀들에게 엄마한테 물려받은

끼라고 말하면 뿅짝 좋아하는 엄마랑은 다르다고 인정하지 않는다. 얄궂은 녀석들이다.

동요로 전국을 누비던 딸들이 지금은 가요를 좋아하는 청소년이다. 맑고 깨끗한 소리의 노래를 듣다가 정신없고 알아듣기 어려운 가요라니. 노래 좀 불러주라는 말에 방문이 닫힌다. 서운하다. 승희는 노래보다는 공부가 쉽다며 중창단을 그만뒀다. 힘 있는 목소리의 매력으로 동요 대회에서도 우수상을 여러 번 받았던 아이였는데 너무 아쉽다. 노래 부르는 걸 좋아하는 큰딸은 예고 진학도 생각 중이다. 커가면서 마냥 좋아하는 것만 할 수 없는 게 현실이지만 도전하고 싶다는 생각을 지지해준다. 미래를 위해서는 더 많은 고민이 필요할 것 같다.

혼자 있는 시간 대부분은 딸들의 영상을 보거나 녹음된 노랫소리를 듣는다. 바빴던 시간이 남겨준 사진과 영상들은 언제 보아도 기분이 좋다. 하지만 학교 다니며 서희중창단 활동까지 하는 딸들에게는 힘들 시간이었을 것이다. 공부하며 친구들과 놀기에도 부족했던 시간이 언제나 불만이었다. 청소년이 되면서 서희중창단 활동은 잠정적 쉬는 상태가 되었다. 주말에 시간이 날 때면 딸들과 산책도 하고 커피숍도 다닌다.

지영이 5학년, 6학년은 쉬는 주말 없이 동요 활동에 전념했다. 매주 연습과 대회로 힘들었는지 관두고 싶다고 말을 여러 번 하기도 했다. 대회마다 우수한 결과를 가져오는데 노래하기 싫다는 말은 듣고 싶지 않았다. 힘들다는 말을 무시했었다. 그래서일까 중학생이 되며 자꾸만 나와 부딪치는 딸 마음을 알고 싶다. 혹시나 엄마 욕심으로 무리하게 끌고 온 게 아닌가 하는 걱정과 미안한 마음에 나 자신한테도 딸아이에

게도 화를 내는 건 아닌지 이 문제부터 정리하
고 싶다.

"우리가 요즘 왜 이렇게 싸우는 걸까?"

"그동안 힘들어서 그런 거니?"

"힘들기도 했는데 엄마가 계속 동요를 시켜줘서

지금 이만큼 잘하고 있잖아"

"그래서 난 괜찮은데"

힘들었다고, 친구가 없다고 말할까 봐 겁이 났다. 엄마를 한참 보더니 웃어준다. 무슨 생각 했을까. 내 마음을 읽은 걸까. 가슴 속에 무겁고 답답했던 마음이 뜨거운 눈물 한 방울과 미소로 편안해진다. 엄마의 마음을 알아준 건지 달래준 건지 정확히는 알 수 없다. 그래도 고맙다. 원망의 소리가 아니기에.

투덕거리며 상처를 주기도 하지만 또 언제 그랬냐는 듯 말 한마디로 치료된다. 어르고 달래면 한두 번은 노래를 들을 수 있다. 이제는 딸아이가 초상권 보장하라는 말에 영상을 막 찍을 수 없지만 그래도 엄마는 놓칠 수 없다. 지금도 앞으로도 아이들의 수많은 영상과 노랫소리는 나에게 행복을 주는 선물이다. 종종 무료한 삶의 에너지가 필요할 때 충전이 된다. 시간이 아무리 지나도 변할 수 없는 소중한 보물이다.

제8화
학부모회 활동

" 복잡하게 생각하지 않고 명료하게 산다.

어떤 일이든 무관심하지 않고 모르면 알려고

노력한다 "

- 마셜 필드 -

'예쁜 말 캠페인, 안전한 등굣길'
마음이 이끄는 관심

첫째가 초등학생이 되면서 집에서 육아만 하던 내가 학부모 되었다. 아이의 손을 잡고 초등학교 정문을 들어갈 때 뭉클하며 설렜던 기분은 잊을 수 없다. 체육관에서 간단한 입학식이 끝나고 담임 선생님을 따라 교실로 가는 아이가 의젓하다. 또 한 번 코끝이 찡하다.

학무모 총회 하는 날. 학사 일정이 안내되고 학부모회 단체장들이 선출된다. '올해 어떤 분들이 봉사해주시나?' 생각할 때 지인의 추천으로 생각지도 못한 어머니폴리스 회장으로 지목됐다. 부담스러워 무조건 거절해도 내 뜻은 반영되지 않는다. 극구 부인해도 강당에 있는 사람의 찬성 박수로 확정이다. 아무것도 모르는 새내기 학부모는 불편하기만 하다.

 어머니폴리스는 경기도에만 있는 초등학교 학부모 활동이다. 작년에 했던 회장이 주된 활동에 대해 말해준다. 하교 시간에 학교 주변을 순찰하며 불안전한 장소를 안전하게 개선 노력하거나 학교폭력 예방하는 활동이란다. 학교 봉사는 한두 번 정도 할 거란 생각은 있었지만, 회장이라는 직책은 부담이다. 사실상 뭘 해야 하는지 어떻게 해야 하는지도 모르겠다.

 자리가 사람을 만든다는 말처럼 학교와 아이들에게 관심이 커진다. 일 년에 한두 번 할 봉사를 한 달에 두세 번은 하고 있다. 등하교 시 천여 명의 학생들이 오고 가는 길. 아이들의 스치는 대화를 무심코 듣다가 충격을 받았다. 생각보다 거칠고 욕을 섞어 장난을 치는 말들이다. 아이들은 장난과 폭력의 그 어디쯤 상처가 될 수 있는 말이란 걸 모르는 듯하다. 순수하지만 거친 어린 친구들에게 알려야겠다.

학부모회에 예쁜 말 캠페인을 하자고 제안하고 학생들과 함께 활동한다. 등교 시 교문 앞에서 바른말 플래카드를 들고 구호를 외친다. 점심시간은 학생회 아이들과 교내에서 좋은 말을 사용하자는 피켓 캠페인 활동한다. 일주일 동안 함께 활동한 아이들이 웃으며 하이 파이브로 인사를 해준다. 학부모와 함께한 활동은 꽤 효과적이었다. 대화에서 확연히 거친 말이 줄어들었다.

학생들이 걸어 다니는 곳곳에 관심이 커진다. 평소에 보이지 않던 불편한 것들이 보인다. 가시 돋친 철조망에 옷이 찢어진 아이. 부러진 가로수 버팀목에 책가방이 걸린 아이. 초등학생들의 별천지인 문구점 앞에는 보도블록이 없다. 누군가 바꾸겠지 생각했던 일들이다. 두고 봐서는 개선될 기미가 없다.

'위험한 등굣길을 개선하자'라는 목표를 가지고 읍사무소와 경찰서를 차례로 찾아다니며 개선을 요청했다. 보행로에 쓰레기 배출장소가 있거나 무분별한 주차는 안전신문고에 사진을 찍어서 올린다. 4년에 걸쳐 깨끗하고 안전하게 대부분 개선이 되었다. 처음 민원을 넣을 땐 예산이 없다는 이유로 쉽게 처리되지 않던 것들이다. 한두 번으로 안 되는 것은 몇 년에 거처 지속해서 개선을 요청한 성과다.

저녁을 먹고 아이와 가벼운 산책을 종종 한다. 학교 주변 길을 따라 죽당천까지 걸어간다.

철조망 대신 울타리가 있고 문구점 앞 보도블록
이 생긴 길을 걷는다.

"엄마 대단해요. 엄마 짱"
"내가 친구들에게 자랑했잖아요."

가끔 학교에서 볼 때도 쑥스러워 아는 칙도 안
하는 딸아이의 말에 으쓱한다.

 새침하고 조용한 딸은 친구들이 먼저 말을 걸
어야 말문을 연다. 그런 녀석이 갑자기 툭 건네
는 감동이다. 알아주길 바라면서 하는 봉사가
아니었다. 그렇지만 딸아이가 어머니폴리스 회
장으로 활동하며 안전에 관심 있는 엄마를 좋아
해 주니 뿌듯하고 행복한 미소가 지어진다.

제9화
아빠의 사계절

부모의 사랑은 내려갈 뿐이고 올라오는 법이
없다. 즉 사랑이란 내리사랑이므로
자식에 대한 부모의 사랑은
자식의 부모에 대한 사랑을 능가한다.

- C, A. 뻴뻬시우스 -

'굶지마라'
최선을 다한 그 말이 나를 키워...

　아빠는 하루 세끼만 잘 먹을 수 있으면 된다고
생각하신 분이다. 이른 아침부터 시끄러운 딸딸
이에 시동이 걸린다. 온 동네에 시끄러운 기계
소리가 요란하다. 강제 기상이다. 덜컹거리는 논
둑길을 운전하고 들판을 한 바퀴 돌아봐야 편안
히 아침 식사를 드신다. 아빠는 가진 것이 없고
배운 것이 없어서 부지런해야 먹고산다며 쉬지
않는다. 농사일밖에 모르는 아빠다.

노란 유채꽃이 논둑에 예쁘게 자리 잡고 있다. 물이 가득 찬 논을 일구고 길더란 판자에 서서 논바닥을 평평하게 하는 로터리를 치고 있다. 모심기 전 영양분을 골고루 섞이게 하고 평평해야 모심기에 적합한 땅이 된다. 젖은 논바닥은 경운기에 붙어있는 갈퀴와 부딪혀 온 사방으로 흙을 뿌리며 뒤집힌다. 논 옆의 물길에 우렁이 가득하다, 참으로 가져온 식사를 마치고 힘든 농사일에 잠깐 쉬어도 되련만 주워 담기만 하면 된다며 잡아 온다. 일 끝내고 돌아오는 흙투성이 아빠의 손엔 양동이 한가득 과 얇은 철삿줄에 우렁이가 대롱대롱 매달려있다. 저녁 밥상에 우렁이 된장국이 올라온다. 온 가족이 한 끼를 맛있게 먹는 모습으로 아빠는 흐뭇하다.

드넓은 들판에 살랑대는 바람과 초록이 예쁘다. 가만히 보고 있으면 초록 안에 아빠가 있다. 벼와 비슷하게 생겼지만 쓸데없는 잡초를 뽑고 있다. 나락의 품질이 떨어지기 때문에 없애야 하는데 이건 사람 손으로 직접 뽑아야 한다. 밀 짚모자를 쓰고 모시옷의 단추는 늘 두 개가 풀어헤쳐 흰 메리야스를 보이게 입는다. 뜨거운 여름날 아빠는 하루에도 몇 번씩 집과 논을 오가며 쉬지 않는다.

벼가 노랗게 익어 가면 이른 아침부터 밤까지 바쁘다. 동네에 몇 안 되는 콤바인을 운전하는 아빠다. 머리 위에 수북한 먼지. 아빠의 고된 하루를 알 수 있다. 목에 수건을 돌돌 말고 토시에 장갑까지 완전무장을 해도 모래알보다 작은 먼지는 온몸에 하얗게 붙어있다. 한 계절을 빠듯하게 달리는 콤바인이 고장 나면 아빠는 척척박사가 된다. 글을 읽는 게 불편한 아빠는 기계의 원리를 파악하고 다년간의 노하우로 뚝딱뚝딱 고친다. 기계 사랑이 대단하신 분이다. 어느 땐 자식보다도 더 기계를 소중히 생각하는 것 같아 서운할 때도 많았다.

 날이 추워지고 논밭의 일들이 없을 때는 가끔 겨울 사냥을 한다. 특히 눈이 오는 날에는 털신을 신고 목장갑도 두 겹씩 끼고 발목까지 푹푹 빠지는 눈길을 따라 동네 야산으로 간다. 소복이 쌓인 눈 위에 콩을 부려놓고 토끼와 새를 기다린다. 잡는 재미에 먹을 수 있는 것들이 생기니 아빠는 즐겁다. 마을회관에 삼삼오오 모인 아저씨들과 막걸리도 마시고 윷놀이도 하며 길지 않는 여유 시간을 가진다.

 언제부턴가 기침과 가래가 많아졌다. 힘든 농사일에 술과 담배는 아빠에게 친구 같은 존재다. 폐가 좋지 않은 아빠를 위해 술·담배를 막으려는 엄마의 노력에도 시간이 지날수록 아빠의 건강은 좋지 않다. 엄마는 말 안 듣는 늙은 아들이라며 퉁명스럽다. 호흡이 어려워 병원에

입원해서도 엄마에게 농사일을 지시한다. 퇴원하시면 잠시라도 들판을 둘러봐야 한다. 숨쉬기 힘들어 한 걸음 걷기조차 어려워도 논으로 결코 나가신다. 코에 연결된 호흡기 기계를 어깨에 둘러메고 위험천만한 딸딸이를 운전한다. 가족들의 걱정이 귀찮은 만년 농부는 누구의 말도 듣지 않는다. 온 가족이 기겁하며 막아도 막지 못하는 고집불통이다.

 병원에서 아빠와 이별했다.
마지막일지 모른다는 언니의 말에 한걸음에 달려왔다. 시커멓고 쪼글쪼글한 손은 뼈와 가죽뿐이다. 조금이라도 좋아지길 바라는 마음이지만 어쩔 수 없이 마지막을 준비한다.
그렇게 평생 농사일만 하고 자식 사랑이라곤 밥 세 끼를 굶기지 않고 먹일 수 있어 잘 살았다고 애기하는 아빠다,

사는데 급급했던 아빠는 형제들끼리 사이좋게 지내라는 마지막 말씀을 남기고 우리를 떠나셨다. 못 먹고 못 입혀 키워도 형제들 간의 우애만은 꼭 우리에게 남기고 싶어 했던 아빠의 마음을 안다. 4남매는 아빠의 손을 꼭 잡고 약속했다. 지금도 앞으로도 우애 좋게 지낼 거라고 걱정하지 말라고….

보고 싶다. 우리 아빠.

제10화
남편이 차려준 밥상

"아내는 남편이 집에 오는 것을 기뻐하게
만들라, 남편은 아내가 남편이 떠나는 것을
서운하게 만들라."

− 마틴 루터 −

남편의 밥상은
호기심 많은 요리잔치

　세상에서 가장 맛있는 먹거리는 뭘까? 요즘 화려하고 예쁜 음식들과 디저트가 넘쳐나지만, 정성껏 차려준 음식이 아닐까 생각해본다. 도마에서 또각또각 채소 써는 소리로 주방이 따뜻해졌던 때가 언제인지. 사랑하는 가족을 생각하며 차려지는 밥상이 간단해진다. 식사 시간이 되면 뭘 먹을지 고민하다 냉장고에 있는 반찬 몇 개를 꺼내 놓는다. 가족의 밥상이 그냥 한 끼를 때우는 식사가 되어가고 있다. 국과 김치 밥 그리고 마른반찬 몇 개로.

남편은 요리를 재미있게 한다. 주말은 남편이 주방에 더 오래 있는 것 같다. 냉장고 파먹기도 나보다 훨씬 잘한다. 백종원 요리사가 방송에 나오면서부터 남편은 요리에 자신감이 붙었다. 다만 조리법대로 하지 않는 게 문제다. 자기 마음대로 조리하여 음식에 호불호가 있긴 하지만 대부분 웃고 먹을 수 있는 음식이 되어준다. 남편이 있는 주말 동안은 밥상 걱정이 없다.

신혼 초에 특별한 밥상을 차려준 남편이 생각난다. 김치찌개와 노란 밥이 너무나 인상 깊게 남아 아직도 식탁 위에 상차림이 있는 것 같다. 익숙하지 않은 것에 반감이 있어 밥은 거의 먹지 못했다. 밥이 왜 노랑이냐고 물어보니 강황가루를 쌀에 섞어 밥을 지었다고 했다. 다이어트에 효과도 있고, 치매 예방, 면역력, 기억력향상 등 거의 만병통치 수준의 효능효과를 가지고 있다며 설명까지 해줬다. 역시 텔레비전을 보고 호기심 가득한 얼굴로 나에게 시험을 해 본 거다. 처음으로 차려준 밥상. 감동하길 바라는 얼굴을 잊을 수 없다. 지금도 약간 미안한 마음이 있다. 맛있게 먹어줬더라면 좋았을 텐데.

 요즘 식탁에는 내가 만든 반찬보다 남편이 만든 반찬이 많아졌다. 주말에 시간이 나면 밑반찬까지 뚝딱 만들어주는 고마운 남편이다. 채처진 크기가 들쑥날쑥하지만 노랗게 잘 볶아진 감자볶음, 데칠 때 소금까지 넣고 초록이 싱그러운 시금치 무침, 고기와 감자, 양파, 파프리카 넣어 맛있는 카레라이스 모두 애들이 좋아하는 음식이다. 매일 책상 앞에서 일하는 사람이 나보다 쉽고 간단하게 요리하는 걸 보면 신기하다. 요리를 마친 주방은 주방 도구들과 채소껍

질로 요란하다. 뒷정리까지 해주면 완벽한데. 많은 걸 바라면 다음이 없을까 봐 욕심은 접는다.

 언제부턴가 주말에 한 끼는 특식을 먹는다. 아빠가 해주는 파스타다. 예전엔 늦잠을 자고 아침 겸 점심으로 짜장라면을 먹었다. 요즘은 입이 고급스러워졌다. 아이들은 크림스파게티, 나는 토마토 치즈스파게티로 주문한다. 애들은 내가 해준 스파게티를 좋아하지 않는다. 소스가 묽고 면이 팅팅 불어서 맛이 너무 없다며 특식은 참아달라고 한다. 그래서 주말의 요리는 무조건 아빠의 몫이다. 효녀 아닌 효녀들인 셈이다. 남편에게 양손의 엄지손가락을 치켜세우며 나는 음식에 소질이 없다며 너스레를 떤다.

 기운이 달리거나 시험 기간에는 영양식으로 닭백숙을 종종 먹는다. 하지만 이건 결코 남편에게 주방을 허락하지 않는 음식이다. 한참 요리에 재미 붙은 남편이 자신 있게 해준 적이 있다. 갖은 한방 재료를 넣고 온 정성을 들여 닭백숙을 완성. 하지만 닭비린내를 잡지 못해 망쳤다. 한 상 차려놓은 밥상에 둘러앉아 마음만 고맙다는 인사로 숟가락을 내려놓았으니 남편은 한동안 주방에 서지 않았다. 닭 다리라도 하나 먹었어야 했는데…… 나라도 맛있다고 해줄걸. 어쩜 나마저도 숟가락을 내려놓았단 말인가. 내가 해준 음식에 투정을 부리면 세상 짜증 나는 것을 알고 있는데도 말이다.

남편이 해준 음식은 손맛보다 사랑의 맛이다. 아주 맛있는 요리라서 또 생각나는 것은 딱히 없다. 그렇지만 해주는 음식마다 맛있게 한 끼를 먹는다. 친정엄마가 해주는 김치처럼 손맛이 느껴지는 음식은 아니지만, 사랑이 가득 담긴 즐거운 요리라서 먹을 때 행복하다.

오늘도 거실에 앉아 주방에서 요리하는 남편의 뒷모습을 바라본다. 나의 눈길을 느낀 건지 뒤돌아본다. 배불뚝이에 통통 울리는 발걸음으로 웃으며 나에게 온다. 국자 밑에 손을 받치고 맛을 보라며. 앞치마를 하고 요리하면 좋았을 텐데. 배에는 고춧가루, 찌개 얼룩이 튀어도 신경 쓰지 않는다. '맛있다'라는 한마디에 '허허허' 웃으며 주방으로 간다. 오늘도 가족을 위해 요리한다. 콧노래까지 부르며.

에필로그(작가의 말)

 나만의 비밀일기 정도만 쓰던 내가 자서전이란 프로그램을 만났다. 기억으로 있던 시간을 글로 남긴다는 건 생각보다 버거운 일이었다. 수업을 받는 중에도 포기하고 싶은 마음이 여러 번 있었다. 그래도 시작은 했으니 끝까지 해봐야겠다는 생각으로 대단한 용기를 내서 글을 쓰고 퇴고까지 하게 되었다.

 자서전이란 말은 고급스러운 표현이다. 평범한 인생을 예쁘게 포장해준 느낌이다. 덕분에 대단한 글은 아니지만, 적어도 나에겐 의미 있는 글이 되어 주고 있다. 앞만 보고 달리는 나에게 옛 시간 회상하며 써보는 글은 쉼표였다. 자서전을 써본다는 건 내 삶을 되돌아보며 잊고 있었던 시간에 대한 즐거움. 고마움. 사랑과 따뜻함을 느낄 수 있는 뜻깊은 시간이 되어 좋았다.